editorial**Sol90**

CUENTOS INFANTILES

© 2004 Editorial Sol 90, S.L. Barcelona.
© De esta edición 2005, Diario El País, S.L. Miguel Yuste, 40, 28037 Madrid
Todos los derechos reservados.
ISBN: 84-96412-55-5
Depósito legal: M-2530-2005

Idea y concepción de la obra: **Editorial Sol 90, S.L.**
Coordinación y adaptación: **Emilio López**
Ilustraciones: **Sergio Kern**
Diseño: **Jennifer Waddell**
Actividades didácticas: **Rosa Salvía**
Diagramación: **Teresa Roca**
Producción Editorial: **Montse Martínez, Marisa Vivas, Xavier Dalfó**
Impreso y encuadernado en UE, febrero 2005

Cuentos Infantiles

EL PAIS

La Bella Durmiente

Charles Perrault

Ilustrado por Sergio Kern

En un país lejano nació una linda princesita. Para el feliz acontecimiento, los reyes organizaron en su castillo una gran fiesta a la que invitaron a las tres hadas buenas del reino, que fueron elegidas como madrinas de la niña.

La reina obsequió a cada una de ellas con un cofrecillo hecho de oro y diamantes. Y en señal de agradecimiento las tres hadas otorgaron un don extraordinario a la princesita.

La primera hada dijo: "Serás la más bella de todas las princesas que jamás existieron".

La segunda anunció: "Tendrás la voz más dulce que pueda imaginarse".

Y la tercera expresó: "Serás la más graciosa y alegre de todas las niñas del mundo".

Pero, de repente, la alegría de aquel mágico momento se rompió: ¡Un hada fea y malvada entró a la sala del castillo!

Furiosa por no haber sido invitada a la fiesta, el hada malvada lanzó sobre la princesita una terrible maldición:

–¡Cuando cumplas 15 años te pincharás con una aguja y... morirás!

Y después de pronunciar aquellas terribles palabras el hada malvada desapareció envuelta en una nube tan negra como su alma.

–¡Oh, qué destino tan triste! ¡Pobre hija mía!– se lamentaba la reina.

–No se aflijan, majestades –dijo entonces una de las hadas buenas–. Si me lo permiten, intentaré deshacer el hechizo.

Entonces, el hada se acercó a la cunita donde dormía la niña y, agitando varias veces su varita mágica sobre ella, formuló un largo sortilegio.

Y cuando por fin lo hubo acabado se acercó a los reyes y, con voz dulce, les dijo:

–Majestades, no he podido romper del todo el hechizo del hada malvada. Vuestra hija se pinchará con una aguja, pero no morirá. Dormirá un largo y profundo sueño y, pasados 100 años, un apuesto príncipe la despertará.

El rey, muy asustado, ordenó de inmediato que se quemaran todas las agujas del reino. ¡Ni una sola aguja debía salvarse del fuego! ¡Nadie volvería a coser en aquel reino!

Decenas de pajes reales fueron enviados a todos los rincones de aquella tierra para leer la orden del rey. No quedó ciudad, pueblo o aldea, por más lejana o apartada que estuviera, que no recibiera la visita de aquellos mensajeros reales.

Y una vez que los heraldos cumplieron su misión, el rey, muy satisfecho, le dijo a la reina:

–Ya no has de temer nada, amada esposa. El fuego ha destruido todas las agujas del reino. Nuestra hijita jamás se pinchará con ellas y vivirá alegre y feliz por siempre.

Pasaron 15 años sin que nada ocurriese. En ese tiempo la pequeña princesa se convirtió en una joven muy bella. Sus ojos eran azules como el agua del mar y su larga cabellera rubia brillaba como el oro.

Y es que, tal como anunciaron sus tres hadas madrinas, la princesa era dueña de dones maravillosos y extraordinarios.

Su voz era más dulce que la de un ruiseñor, y la simpatía que mostraba con su familia y con todos la hicieron merecedora del amor y del cariño de los habitantes de aquel reino.

–¡Larga vida a la princesa, larga vida a la princesa! –exclamaban cuando la veían pasar con su comitiva de damas y doncellas.

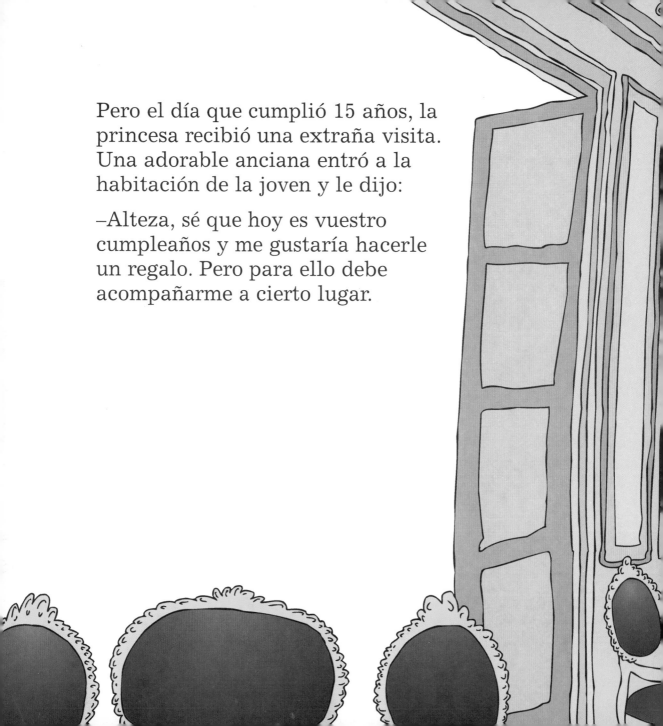

Pero el día que cumplió 15 años, la princesa recibió una extraña visita. Una adorable anciana entró a la habitación de la joven y le dijo:

–Alteza, sé que hoy es vuestro cumpleaños y me gustaría hacerle un regalo. Pero para ello debe acompañarme a cierto lugar.

La anciana condujo a la princesa a la torre más alta del castillo, donde había un pequeño desván que todos creían deshabitado.

En él encontraron a una costurera que cosía con aguja e hilo... ¡Aquella mujer nunca había oído hablar de las órdenes del rey!

La labor de la costurera despertó la curiosidad de la joven princesa, pues nunca hasta entonces había visto coser a nadie.

–¡Qué divertida tarea! –exclamó la princesa acercándose a la costurera–. ¿Puede mostrarme cómo lo hace?

La costurera, que era muy amable, le cedió a la princesa la aguja, pero nada más tomarla en su mano se pinchó en un dedo y cayó al suelo, quedando sumida en un profundo sueño.

¡Pobre princesa! ¡La terrible profecía del hada malvada se había cumplido!

–¡Ja, ja, ja, ja! –una espantosa carcajada resonó entonces en aquel desván.

Aquella anciana que la princesa creía adorable era... ¡El hada malvada!

Los reyes cayeron en una profunda tristeza, pues tal como les había dicho una de las hadas buenas su hija no despertaría hasta pasados 100 años.

Con todo el dolor de su corazón, el rey ordenó que llevaran el cuerpo dormido de su hija a la mejor habitación del castillo.

Los pajes reales la acostaron en un suntuoso lecho de plata y zafiros para que la pobre princesa durmiera su largo y profundo sueño.

Y, cada noche, la reina iba a velar el sueño de su querida hija.

–¡Pobre niña mía! –susurraba entre sollozos la desconsolada madre.

Cierto día, el hada buena se presentó por sorpresa en el castillo real.

–Majestades, he tenido una idea –les dijo a los reyes–. Para que vuestra hija no se encuentre sola en su largo sueño haré un encantamiento para que los habitantes del castillo duerman durante cien años y despierten cuando la princesa abra los ojos.

Y dicho esto, el hada buena dio unos pases mágicos con su varita y, al instante, todos los habitantes del castillo quedaron profundamente dormidos.

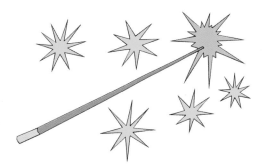

El tiempo se detuvo en el castillo. Las agujas de los relojes cesaron de girar y un gran silencio se adueñó del lugar.

Poco a poco, una densa selva de hierbas y arbustos tomó el castillo y un espeso bosque creció a su alrededor. La hiedra trepaba por las murallas cubriendo puertas y ventanas, y miles de flores silvestres formaron un hermoso jardín donde sólo se oía el canto de los pajaritos.

Mientras tanto, los habitantes del castillo soñaban que un príncipe encontraba a la Bella Durmiente y la despertaba con un dulce beso.

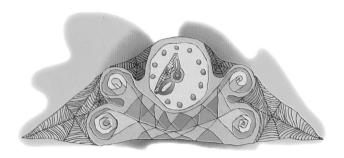

Pasaron 100 años hasta que, un día, un joven y apuesto príncipe que intentaba cazar a un jabalí pasó cerca de allí.

Tratando de huir, el animal se internó en la espesura del bosque. Entonces, el joven desmontó de su hermoso caballo blanco y empuñó su espada. Y, abriéndose paso entre la maleza, fue en busca del jabalí.

De repente, cuando apartaba con su fuerte brazo un gran arbusto, vio un enorme castillo oculto por árboles y matorrales.

Y con paso resuelto avanzó hacia él.

¡Qué gran sorpresa se llevó el joven cuando entró al castillo! En las escaleras, en el patio, en los pasillos… ¡todos dormían!

"Qué extraño. Esto parece obra de un encantamiento", pensó.

Y, llevado por una extraña intuición, subió las escaleras que conducían a una de las habitaciones principales del castillo.

Y lo que vio allí lo dejó asombrado: ¡Una joven bellísima dormía plácidamente en una linda cama de plata y zafiros!

El príncipe contempló aquel bello rostro y, obedeciendo a un impulso de su corazón, tomó la mano de la joven y la besó tiernamente.

Entonces, la bella princesa despertó de su largo sueño.

¡El beso del príncipe había roto el maleficio del hada malvada!

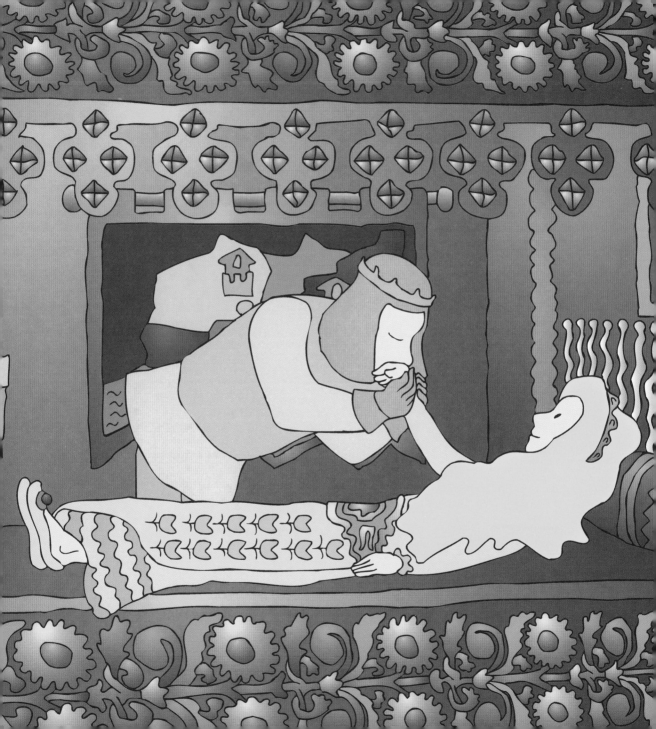

Y en ese momento todos los habitantes del castillo despertaron, tal como había anunciado el hada buena.

El rey y la reina corrieron a abrazar a su hija, mientras que los pajes, las sirvientas, los guardias y los cocineros del castillo bailaban y cantaban muy contentos.

De repente, los relojes, que habían permanecido parados un siglo, volvieron a marcar las horas, y el espeso bosque que había ocultado el castillo durante ese largo tiempo desapareció como por arte de magia.

¡El castillo entero había despertado de su horrible pesadilla!

Al día siguiente, las campanas del reino redoblaron alegres anunciando la boda del príncipe y la princesa.

Y así fue como, después de haber dormido 100 años, aquella joven y dulce princesa fue feliz con el apuesto príncipe que la había despertado.

fin

Actividades

Ordena las **sílabas**

Ordena las sílabas como corresponde y obtendrás 4 adjetivos. Luego relaciónalos con los nombres de la derecha.

no	tier

to	pues	a

liz	fe

lla	be

_____ princesa

_____ beso

_____ príncipe

_____ pareja

El crucigrama

Lee las frases atentamente y escribe las soluciones en las casillas numeradas.

Horizontales

(1) La Bella Durmiente era una...

(2) La madre de la princesita.

(3) Las tres madrinas de la niña eran eso.

Verticales

(1) Besó a la Bella Durmiente.

(2) Los años que durmió la princesa.

(3) Con una se pinchó en el dedo y se quedó dormida.

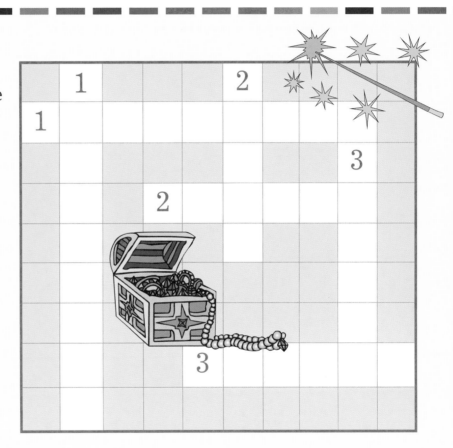

¿Recuerdas?

No te resultará difícil contestar a estas preguntas si recuerdas bien lo que sucede en el cuento. Marca con una cruz la respuesta correcta.

(1) ¿En qué consiste la maldición del hada malvada?

☐ Que la princesa se pinche con una aguja y muera

☐ Que al cumplir los quince años se convierta en un sapo

☐ Que un ogro la bese a los quince años

(2) El hada buena rompe el hechizo y la princesa...

☐ Se cae por las escaleras y se rompe una pierna

☐ Duerme durante cien años

☐ Se hace costurera

(3) ¿Qué hace el rey para evitar la maldición del hada mala?

☐ Persigue a todos los ogros del reino

☐ Encarcela a las costureras y los sastres del reino

☐ Ordena quemar todas las agujas

Una adivinanza
Soy alta y delgada y sólo tengo un ojo.
Hago vestidos, pero no me los pongo.
¿Qué cosa soy?

---

(4) ¿Quién es realmente la anciana que visita a la princesa?

☐ El príncipe encantado

☐ El hada malvada

☐ La reina disfrazada

(5) El hada buena hace un encantamiento a los habitantes del castillo...

☐ Para que duerman cien años como la princesa

☐ Para que puedan despertar a la princesa con un beso

☐ Para que se transformen en sapos

(6) ¿Cómo rompe el maleficio el apuesto príncipe?

☐ Pinchando con una aguja la pierna de la joven

☐ Besando la mano de la Bella Durmiente

☐ Colocando una rosa roja sobre el pecho de la princesa

Mis amigos, los animales

Descubre el nombre de cada animal y anota si es doméstico o salvaje donde corresponda.

¿Sabías que..?
Los animales domésticos se crían y viven en compañía de las personas y dependen de ellas para subsistir. Los animales salvajes, en cambio, viven libres en su entorno natural.

1. El _____ es un animal _____

2. El _____ es un animal _____

3. El _____ es un animal _____

4. La _____ es un animal _____

5. El _____ es un animal _____

Lección de anatomía

Escribe en los cuadros en blanco estas 5 partes de un caballo: **CRIN**, **COLA**, **GRUPA**, **PECHO** y **CASCOS**.

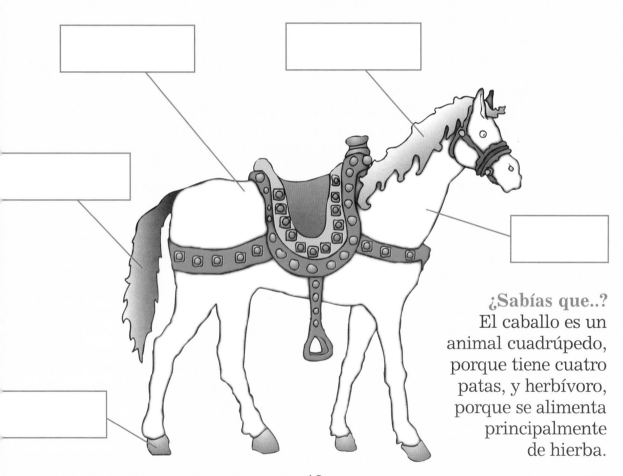

¿Sabías que..?
El caballo es un animal cuadrúpedo, porque tiene cuatro patas, y herbívoro, porque se alimenta principalmente de hierba.

Completa

Al copiar este fragmento de la página 8 han volado algunas palabras rebeldes. ¿Puedes volver a colocarlas en su sitio?

Furiosa por no haber sido invitada a la fiesta, el _____ malvada lanzó sobre la _____ una terrible _____ :

–¡Cuando cumplas 15 años te pincharás con una _____ y... morirás!

Y después de pronunciar aquellas terribles palabras el hada malvada desapareció envuelta en una _____ tan negra como su alma.

aguja

maldición

nube

hada

princesita

Soluciones

■ Página 38

Apuesto príncipe, **Bella** princesa, **Tierno** beso, **Feliz** pareja

■ Página 39

		1			2			
1	P	R	I	N	C	E	S	A
	R				I			3
	I		2	R	E	I	N	A
	N				N			G
	C							U
	I							J
	P		3	H	A	D	A	S
	E							

■ Páginas 40-41

(1) Que la princesa se pinche con una aguja y muera **(2)** Duerme durante cien años **(3)** Ordena quemar todas las agujas del reino **(4)** El hada malvada **(5)** Para que duerman cien años como la princesa **(6)** Besando la mano de la Bella Durmiente

■ Página 42

1. El **jabalí** es un animal **salvaje**
2. El **cerdo** es un animal **doméstico**
3. El **perro** es un animal **doméstico**
4. La **serpiente** es un animal **salvaje**
5. El **gato** es un animal **doméstico**

■ Página 43

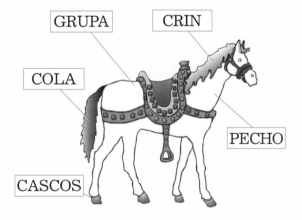

GRUPA CRIN COLA PECHO CASCOS